네가 달그림자처럼 흔들린다

네가 달그림자처럼 흔들린다

황태진 지음

좋은땅

이 시집은 살아오면서 느꼈던 감정의 조각들을
소중히 모아서 하나의 시로 만들고,
그렇게 하나둘 쌓인 시들을 한데 모아서 만든
책입니다.
즉, 가슴속 간직한 이야기들이 녹아 있는 책이
라 하겠습니다.

많은 사람들이 이 시집을 통해 살아가면서 느끼
는 감정들에 대해 공감하고,
나아가 마음을 정화하고 위안받을 수 있었으면
좋겠습니다.

2021년 봄
황태진

차례

[1부]

그리다

그리다

얼룩 하나 없는
선명한 밤하늘에
듣기만 해도 설레는
너의 이름을 그리다

그립다

아무도 없는
고요한 내 맘에
포근한 향기를 채워 준
네가 그립다

잔인한 밤

차가운 밤기운에
이불을 뒤집어쓰니

캄캄한 공간에
살을 에는 듯한 그리움이
내 몸을 감싼다

짓누르는 미련한 아픔에
차라리 추운 게 낫겠다 싶어
뜬눈으로 차디찬 공기와 마주하는

오늘은 잔인한 밤

바람

삶의 무게가
억겁의 괴로운 바위가 되어
당신을 짓누를지라도

가슴속 뜨거운 화가
열대의 더위가 되어
빠져나갈 구멍 없이
당신을 숨 막히게 할지라도

믿었던 관계가
신뢰에 균열이 가고
결국 와르르 무너져
당신을 다치게 할지라도

당신은 저 칼날 같은 바람에
휩쓸리지 않았으면 좋겠다
언젠간 결국 그 바람도
저 구름처럼 흘러갈 테니

하얀 고백

이름 없는 저 행성에
하얗게 웃는 네 그림자 너울대고
지켜보는 난 붉게 물들어가

하얀 그림자 내게 닿을 때마다
나는 기도하고 고백해
보고 싶다, 네가 보고 싶다

홍수처럼 쏟아지는 관계 속에
두근거리는 너에게만
모든 걸 집중하고 싶어

사랑아, 나의 사랑아
언제부터 내 맘에 깊숙이 자리 잡았는지
나는 알 길이 없지만
너와 이렇게 영원을 살고 싶다

저 행성에도 닿을 나의 고백이

새하얀 네 그림자 위에

붉게 물든 내 마음의 글씨로 쓰여지길

과오

깊은 관계는 얕게 대하고
얕은 관계는 깊게 대하는
바보가 되지 않기를

절제

계속 곁에 있어 줬던 탓일까
익숙해진 너의 고마움을 몰랐다
사랑아

어디로 얼마나 갔는지 모르겠는데
그래서 더 애타는데

물음은 나 혼자에서 끝내기로 했다
애써 잠잠해진 네 마음을
다시 소란스럽게 하고 싶지 않아서

세상 속의 나

창문 너머 사람들이 보입니다
다들 무엇이 그리 바쁜지
발걸음을 서둘러 옮깁니다

초점을 조금 바꾸니
창문에 비친 내가 보입니다
바쁜 일상 속에 지칠 대로 지친
가엾은 한 남자가 보입니다

어쩐지 너무 안쓰러워
그 자리에서 오래도록 떠나지 못합니다

밤길 걸으며

바람 한 줌에 그리움을
풀벌레 소리에 행복을
달빛에 추억을
꽃잎에 희망을
흘러가는 강물에 아쉬움을

흘려보내는 밤

봄 그 어느 날

햇살이 비치는 곳으로
한 발 걸어가면
가까워진 거리만큼
더 따뜻해질까

너에게로
한발 다가서면
가까워진 거리만큼
우린 더 행복할까

다가갈수록
행복한 게 사랑인지,

사랑할수록
다가가게 되는 게 행복인지,

그 무엇이 맞다 한들
사랑과 행복
둘 다 잡고 싶어지는 봄날이다

그 노래

늘 듣던 노래가 있다
봄기운이 완연한 이 시기에
너와 걷던 거리들,
이태원에 있던 테라스와 음식들,
그 향기, 그 공기 하나까지도

이 노래를 들으면 생각이 난다

그때가 그립거나,
아쉽거나,
미련이 남아 있는 건 아닌데

그냥 그저
이 멜로디를 들으니
그때의 추억이 나에게로 온다

오늘도
늘 듣던 노래를 듣는다

나는 바다, 너는 파도

바다에 파도가 있는 것은
바다 혼자 외롭지 않기 위함이며

바다가 바람을 참고 이겨 내는 것은
파도가 춤출 수 있게 하기 위함이다

나는 바다,
너는 파도,

내 삶에 네가 있는 것은
아름다운 것들을 같이 보기 위함이며

내가 시를 쓰는 이유는
네가 웃을 수 있게 하기 위함이다

파도치는 바다 앞에
우리는 두 손 맞잡고 선다
이 순간의 아름다운 것들을 놓치지 않으며

마침표

네가 오던,
봄바람 살랑거리며
나를 안아 주던 날부터

네가 떠나던,
끈적한 장대비에
꽃잎이 다 떨어지던 날까지

봄이 오자마자 떠나듯
그렇게 꽃도 피자마자 지고 있더라

긴 겨울 지나 이제야 꽃 피었는데
그 고고한 모습 다 보여 주지도 못한 채

봄이 떠난다기에
꽃도 미련을 가슴속 깊이 묻어 두고
사라져 간다

꽃잎 한 장 한 장
그렇게 뚝뚝
눈물 흘리듯 떨어지겠지
소리 없는 울음 삼키며
그렇게 내려앉겠지

하루의 끝

골짜기 사이로
해가 지고 노을이 진다

눈부시게 밝았던 햇빛이
이제는 마지막 불꽃을 다하여
주변을 붉게 물들이고

눈부시게 좋았던 하루도
이제는 깊은 골짝을 돌고 돌아
저 계곡 아래로 흘러간다

꽃, 나무, 햇살, 향기, 온도
온통 그리운 것들 사이로
이 노을이 넘어가니

오늘 하루도
좋은 추억이었다 말하리

포근한 밤

울지 마오

슬픈 일 있거든

포근한 밤하늘을 이불 삼아

걱정은 저 별에 얹어 놓고

초승달처럼 눈 감아 보았으면

너의 존재

손가락에 점 하나가 생겼다

처음엔 아주 작은,
눈에 보이지도 않을 만큼,
그래서 신경도 쓰이지 않는
그런 점이었다

어느 순간쯤 됐을까
문득 커져 있는 점을 보았다

시간이 지날수록 커지더니
지금은 손에서 가장 먼저 보이는
그런 존재가 되었다

너도 그렇다

어느새 나에게 있어
커다란 의미가 되어

떼어 놓을 수 없는
그런 사람이 너다

내 손가락 위에서
내 삶 안에서
더욱 커다란 의미가 되어 주기를
바라 본다

예쁘게 물들어 주길

파란 가을 하늘에
새하얀 구름 하나가
포근히 안겨 있다

투명한 가을 하늘에
마지막 색을 띤 낙엽 하나가
예쁘게 물들어 간다

그렇게 내가 가을 하늘로 안아 주면
너는 예쁘게 물들어 주길

수만 있다면

너무 멀리 온 걸까

돌아오는 길을 잃어버릴 만큼
너무 멀리 와 버린 걸까

돌아갈 수 있다면, 수만 있다면
우리 왔던 길 따라 걸으며
지나쳐 간 추억으로 돌아가고 싶은데

떠나온 자리엔
결국 우리는 없고
민들레 꽃 하나만이
쓸쓸히 아름답게 피어 있네

더 이상 잡을 수도
무엇 하나 잡히지도 않는 기억 속이라
어찌할 도리가 없는 난
이대로 잠들어서
모든 것, 잊어버렸으면

정리

꽃이 진다
피어난 지 얼마나 되었다고

네가 진다
나타난 지 얼마나 되었다고

향기 가득한 널 보고 싶어도
이젠 볼 수가 없는데

그리워하면
더 괴로울까 싶어
꽃이 없는 가지에
너 없는 일상에
익숙해지려 한다

흔적

잠깐 머물다 간 너의 향기가
실은
진한 만년필로 꾹꾹 눌러 쓴
하나의 표식이 되어

지우려 해도 지워지지가 않는다

가만히 내버려 두자니
그 모습이 아른거려
지우개로 지워 보지만

지워지는 건 너 이외의 다른 잡념뿐
그럴수록 더 선명해지는 네 모습

네가 깊이 박혀 있는 마음속 한 면을
지우려 애쓰는 건 포기하기로 했다
네가 무뎌질 때까지

비 오던 날

툭,
툭,
조금씩 내리는 빗방울

그 아래에서
힘겹게 이별을 이야기하는 너

투둑,
투둑,
조금씩 굵어지는 빗방울

그 아래에서
네가 비에 젖지나 않을지
걱정이 앞서는 나

내가 너에게 비라면
이젠 그만할게
네가 젖지 않게

솔직함

상대방이 어떤 모습을 좋아할까 고민하기보단
나 자신 그대로를 보여 주기

감춰진 모습은 언젠가 드러나고,
그 관계는 모래 위에 쌓은 성과 같이
가벼운 바람에도 쉽게 무너질 테니까

길

너 떠나보내던 날
문득 돌아본 우리 걸어온 길

굽이지던 험난한 길부터
꽃 피던 아름다운 길까지
우리는 정말로 많은 길을 걸어왔구나

다시 되돌아
혼자서 길을 나서는데
나는 모르겠다
어디로 가야 할지를

너 없는 난
길을 잃은 아이처럼 여기
주저앉아 울고 있네

따뜻한 겨울

앙상하게 가지만 남은 나무가
추워 보여서였을까
밤 사이 내린 눈이
하이얀 이불을 덮어 주었다

따스한 눈꽃처럼
하얗게 안아 주는 너의 온기

겨울에도 내가 춥지 않은 이유는
네가 있기 때문인가 보다

따뜻한 겨울이 소복이 쌓여 간다

봄

나는 봄이 좋다

나뭇가지들이 부끄러운 듯
때묻지 않고 순수한
초록의 옷을 입는 계절

잊고 지내던
새 지저귀는 소리와 함께 들려오는
어머니의 흥얼거리는 노랫소리

벚꽃이 만개한 공원에서
설레임 가득한 향기를 맡던
따스한 그날들의 온기가
숨 쉬고 있다

나는 봄이 좋다

그 순수함과 추억과 따스함을
언제나 사랑한다

그날 밤

별 헤는 밤
불빛 하나 없는
고요한 다리 위에서
우리는 말없이 서로를 보았다

수줍은 나뭇잎 하나가,
부드러운 바람 한 점이
우리들의 말을 대신해 주고 있었다

별들은 약속했다
이 순간은 비밀로 지키겠노라고
그러니 마음껏 사랑하라고

11월

계절이 바뀌고
날이 제법 쌀쌀해졌다

너는 잘 지내고 있는지
옷은 두껍게 챙겨 입고 다니는지
이런저런 걱정이 들다가도

이제는 의미 없는 일이란 걸 깨닫고
다시 가던 길을 간다

오늘은 날이 제법 춥다

아카시아 꽃

보고 싶은 마음
아카시아 향기에 띄운다

오늘 나의 작은 소망이 있다면
이 향기가 너를 포근히 감싸 안아 주기를

이별하던 날

세상에서 가장 잔인한 말이
입 밖에서 차갑게 나온 순간

견딜 수 없는 잠깐이 흘러갔다

모든 것이 얼어붙어
보고 듣는 것 말고는
아무것도 할 수 없는 잠깐

침묵이 앞을 막아섰다
겹겹의 의미를 품은 침묵이

이제 각자의 길로
가야 할 시간

떠나는 너의 뒷모습을 바라보는 난
아무래도 이렇게 서 있을 수밖엔 없다

욕심

가지고 있는 건 많은데
갖고 있지 않은 것만 생각나는
욕심만 많아지는 요즘

산조팝나무

우리 집
졸졸 흐르는 천川 옆에 앉은
산조팝나무

겨울도 아닌데
겨울이 그리운 듯이
저가 스스로 만든
하얀 눈꽃송이들

꽃 핀 자리마다
하이얀 구름을 담아
하늘 위로 편지 써 보낸다

나에게도 들려주었으면
겨울이 그리운 이유
네가 쓴 하이얀 이야기

미련

너에게 다가가는 것엔 이유가 없었고,
날 떠난 것엔 수많은 이유가 있었다며

네가 떠난 이유를
모두 내게서 찾고 있는 건
아직 남아 있는 미련 때문일까

가끔은

아무 이유 없이
깊숙한 내면 아래로 가라앉고 싶은 날이 있다

슬픈 영화를 보고
소소한 글을 읽고
차분한 음악을 듣고
잔잔하게 하루를 정리할 수 있는 날

가끔은 이렇게 마음 놓고 가라앉을 수 있어야 한다
그래야 다시 또 힘차게 수면 위로 오를 수 있을 테니까

안녕

안녕

처음 본 너에게 건넨 한마디
이 말이 뭐라고 그렇게 힘들었을까

안녕

너와의 추억에 마침표를 찍은 한마디
이 말이 뭐라고 이렇게 힘들까

시간

일을 하다 보면
하루가 왜 이리 빠르게 지나가는지

반복되는 일상 속에
기억에 남는 추억은
그저 스쳐 지나가는 바람 정도

야속한 시간은
손에 움켜쥔 모래처럼
제멋대로 흘러내린다

되고 싶은 사람

나는 큰 사람이고 싶다

내가 누군가를 찾지 않아도
상대방이 나를 찾게 만드는 사람

힘들고 지칠 때
기대어 쉴 수 있는 사람

같이 마주 보고만 있어도
든든해지는 사람

나는 그런 사람이고 싶다

깨달은 것

헤어진 후
흔히 듣는 위로의 말

세상에 여자는 많아
세상에 남자는 많아

하지만 지나 보니 깨닫는다

우리의 인연은
흔해 빠진 모래알 같은 것이 아니라고

그러기에 우리는
만남에 있어 신중하고
관계를 소중히 하고
헤어짐에 미련이 없을 정도로
인연에 최선을 다해야 한다

싶어

네가 행복할 때,
행복의 이유가 나도 될 수 있도록

네가 힘들 때,
위로의 존재가 내가 될 수 있도록

그런 내가 되기를

너의 웃음에
같이 웃음 짓게 되는 나니까

한강에서

한강에 앉아
붉게 물든 노을을 바라본다

바람결에 춤추는 갈대밭
섬세하게 흘러가는 강물
멀리서 우리를 바라보는 남산까지도
온 세상이 같이 발그레해지고

수줍은 너의 양 볼도
설레는 나의 가슴도
애틋하게 물들어 간다

위로

회색빛 추운 겨울날
솜털 같은 눈 하나가 수줍게 내려온다

멍하니 그 모습을 지켜보는 내게
어느새 눈앞에 다가와 입맞춤한다

고맙다
내게 와 줘서
조용한 위로가 되어 줘서

부탁

외롭다는 것은
앞으로 혼자가 아닐 거라는 약속

그러니 너무 조급해하지 말아요
기다린 만큼 더 좋은 사람이 나타날 거예요

좋아하지 않는데
외롭다는 이유로 누군가를 만나지 말아요

그 이기적인 행동으로
어떤 이는 신기루 같은 허무에 감정을 쏟게 되니까
빈 껍데기 같은 추억에 서로의 시간을 낭비하지 말아요

네가 있었기에

이별의 아픔은 컸지만
나는 너에게 고맙다

네가 있었기에 지금의 내가 있고
나는 지금의 나를 사랑하니까

아프지 마라

힘들고 외롭던 겨울에
마지막 시련의 바람이 분다

더 이상 버티지 못할 정도로
앙상한 나뭇가지가 위태롭게 흔들린다

부디 버텨다오

해 뜨기 전 새벽이 가장 어둡듯이
이번 추위만 넘기면 따뜻한 봄날이 오리라

곧 봄이 온다, 부탁이니 아프지 마라

힘든 일

같이 저녁 먹을래요?
라고 물었을 때

좋아요,
라는 한마디에 행복해하고

좋아해요,
라는 말에 세상 전부를 가진 느낌이 드는
그런 사람을 만나고 싶다

감정이 메말라 가는 건지
내가 부족한 사람이 돼 가는 건지
나이가 들수록 참 힘들다
그런 사람을 만나기가

감사한 것들

집에 가면
나를 반겨 주는 가족이 있다는 것

힘들 때
기댈 수 있는 친구가 있다는 것

적적할 때
마음의 위로가 되는 글귀 하나 읽을 수 있다는 것

우리 삶이 외롭지만은 않은 이유 아닐까

많은 사람 중에

거리에 수많은 사람들이 지나간다
그중에 너와 내가 만나
사랑을 한다

이렇게 많은 사람 중에
네가 날 바라보고
내가 널 안아 줄 때

특별할 것 없던 우리는
그 자체로 우주고, 세상이 된다

바람편지

보고 싶은 마음
전할 길이 없어
마음 한구석 애달플 때

고마운 바람 한 점
네게 다가가
대신해서 속삭여 주기를

책임

하루에도 수없이 많은 유기견이
버려지고 버려진다

한때는 애정어린 이름으로 불렸을 텐데
지금은 그저 변덕에 의해
차갑게 버림받고야 만 존재

아니, 변덕보다는 무책임이라는 표현이
조금 더 정확하겠다

이름을 붙여 줬다는 것은
그들에게 책임을 지겠다는 말과 같으며,

편의에 따라 관계를 파기하지 않겠다는 약속이니까

행복하기를

마음속에 응어리진 무언가가 있다면
지나가는 바람에 흘려보내 버려요

가슴속에 상처받은 무언가가 있다면
그 위에 예쁜 추억들을 덧칠해 보아요

나는 그대가
행복했으면 좋겠어요

희망

가시밭길을 걷고 있다면
꽃길을 한번 상상해 보라

마주한 현실이 너무 버겁다면
그래서 오늘의 해가 뜨는 게 반갑지 않다면
힘들더라도 좋은 날을 한번 떠올려 보라

상상한 대로, 떠올리는 대로
언젠가 그것이 현실로 다가올거라고,
그럴거라고 감히 약속할 테니
우리 지금 서 있는 이곳에서
조금만 더 버티고 노력하며
그날에 한 발짝 한 발짝 다가가 보자

다시 한번

너 아직도
나와 같이 있던
그 자리에 서 있거든

마음아
눈치 보지 말고
그 사람에게 달려가거라

싶다

햇살 비추는 곳에
새 잎 돋아나듯

나의 관심으로
너 또한 회복의 새살이
저 꽃잎처럼 돋아나게 하고 싶다

그늘진 곳에
새 지저귀는 소리
평화롭게 들리듯

네 옆에서
일상 이야기 나누며
행복한 나날 보내고 싶다

불치병

어딘가 아픈 것 같은데
그렇다고 어디가 아픈 것도 아니다

어딘가 행복하지 않은 것 같은데
그렇다고 불행한 것도 아니다

알 수 없는 무력감,
알 수 없는 피로감,
처방전 없는 이 짓궂은 녀석은
어디서 무엇으로 고쳐야 하는가

[2부]

호수 둘레길

멍하니 걷다가
문득 주변을 돌아보니

앞으로는 잔잔한 호수가
뒤로는 산 위로 넘어가는 노을이

주변의 모든 것이 나를 감싸네

추억과
아픔과
모든 기억들을

지금 이곳에서
하나하나
들추어 보다가

그래도 생각이 나
또 한 번 곱씹다가

해가 완전히 질 무렵에서야
지난 기억의 꼬리들을
이 자리에 고이고이 묻어 두고

나는 다시 발걸음을 옮긴다

시계

시간은 흐르고 흘렀는데

너와의 시계는
아직 그 자리에 멈춰 있다

너를 보내려 할수록
칼날 같은 시곗바늘이 스치며
내게 상처를 내니까

그게 아프고 힘겨워서
나는 아직 너를
보내지 못하나 보다

그게 무섭고 두려워서
나는 너와의 시계를
아직 그 자리에 멈춰 두었나 보다

달빛 아래

달아,
밝은 달아
더 밝게 비추어라
밤하늘이 예쁘다 환하게 웃는 이 사람을
더 잘 볼 수 있도록

달과 별과 너의 빛에 취한 눈 황홀하기 그지없어
여기가 꿈일까, 현실일까

꿈이라면 깨지 않을 것이고
현실이라면 시간아 멈추어라

아직 말하지 못한 말
나 항상 가슴속에만 고이 간직했던 말
표현해도 다 표현할 수 없을 말
사랑해,

지금 이 순간만큼은
조심스레 말하고자 하니

달아,
밝은 달아
더 밝게 비추어라
나의 진심이 전해질 수 있게

슬픈 사실

항상 담아 두고 싶던 너인데
자꾸만 모래알처럼
손 틈새로 흘러 버린다

나를 보고
웃기도 하고
울기도 하였지만
지금은 건조한 웃음뿐이라 슬프다

우리의 이야기가
그저 흔한 만남의 뻔한 결말을 앞둔 게 아닌
사실은 장편 소설의 중간 어디쯤이었으면

과거와 만난다는 것

오랜 시간이 흘러 버린
지나간 마음들이 적혀 있는
내면 한 구석의 책장을
한 장 한 장 들여다본다

먼지 쌓인 추억들이
한 움큼씩 나를
내면의 감정에 충실하게 하고

빛바랜 관계가 남긴 흉터들은
나를 더 단단하게 한다

과거와 만난다는 건
나를 정화하는 것
그리고 나를 강하게 하는 과정인 것 같다

인생

멀리도 걸어왔소
때로는 넘어지고
쏟아지는 소나기에 젖기도 하고
바람에 흔들리며
그렇게 걸어왔소

많이 힘들었지마는
많이 돌아왔지마는
길가에 핀 꽃잎이
저리 예쁘게 피어 있기에
나는 걸음을 멈추고 싶지가 않소

도전 1

정상에 오르면
언젠가는 내려가야 하겠지만,

내려가는 게 두려워
정상에 오르지 않는 산악인은 없다

어느 봄날의 오후

강낭콩 하나가
봄바람 살랑거림에
깊은 잠에서 깨어
땅속에서부터 기지개를 켠다

따스한 온기를
더 느끼고 싶다는 듯
두 손 모아 초록 잎을 내놓는다

거리마다
봄은 무성해지고
소소한 행복도 파랗게 피어나는
어느 봄날의 오후

그대 어딜 그리 바삐 가시나이까

그대 어딜 그리 바삐 가시나이까

내가 그리던 사람
내가 찾던 인연
바로 그대인데

그대 어딜 그리 바삐 가시나이까

가는 걸음 잡으면
지난 밤 꿈같이
신기루처럼 사라질까 두려워

네가 밟는 풀잎이 되어
그저 바라만 본다

기도

해가 뜨면
밤나뭇가지에 앉아 노래하는
새소리에 눈뜨게 하시고

잔잔한 솔바람에
하루를 계획할 수 있는
마음의 여유를 주소서

썩은 사과처럼 나를 갉아먹는 말과
익어 가는 열매처럼 성숙케 하는 말을
구분할 수 있는 지혜를 주시옵고

한 치 앞도 안 보이는 캄캄한 현실에서
내가 가는 길에 대한
믿음과 확신을 주소서

꽃에 나비가 모이듯
향기 나는 존재가 될 수 있게 하시고

그렇게 한 번뿐인 생을

봄날의 들판처럼 아름답게 하여 주옵소서

편지

요즘 어때?
오늘은 뭘 먹고
무슨 생각을 했고
뭐가 좋았고, 뭐가 힘들었는지……
예전엔 항상 네게 마침표가 찍혔는데
이제는 그 자리를 물음표가 채웠네

요즘 어때?
마음이 텅 비어 버린 것 같은 요즘
친구들과의 술자리에선 괜찮다고,
아무렇지 않다고,
빈 껍데기 같은 말들만 놓아 두곤
먼저 자리에서 일어나게 돼

뻔한 친구들의 위로가 불편해서였을까
무기력함을 안고 한참을 걷다가 집에 돌아오면
내 방이 너무 횅해……
한 치 앞도 볼 수 없을 만큼 어둡고

마치 세상에 혼자 남겨진 기분이야

네 전화번호를 10번쯤 쓰고 지웠을 때 느꼈어
잘하면…… 정말 이대로 시간이 지나가 버린다면
너를 영영 못 볼 수도 있겠다고

정말 요즘 어때?
정말 내가 없는 요즘은 어때?
혹시 잘 잊어 가고 있니?

담백함

살다 보니 알게 되더라
자극적인 음식보다
담백한 음식이 맛있다는 걸

살다 보니 알게 되더라
허울과 진심 사이의
미묘한 거리를

서툴러도 좋아
밤하늘 아래 서로 기대어
노래 부를 수만 있다면
그럴 수만 있다면

가끔씩

가끔씩
추억 속을 걷다 너와 마주칠 때
왜 아직도 난 널
마주 보기가 힘든 걸까

가끔씩
그 길을 걸을 때면
왜 아직도 난 널
붙잡을 수가 없는 걸까

가끔씩
지치고 힘들 때면
우리 닮은 지난 추억이
작고 초라한 내 앞이라 더 눈부셔

괜찮은 척, 잠을 청하려 누웠을 때
눈가에 흐르는 눈물은 빗물처럼 스며들어
지쳐 버린 내 모습 뒤로
하염없이 가라앉는다

그렇게 너는 무엇이 되어라

작품이 되어라
영감을 줄 수 있는

아침 햇살이 되어라
희망과 기대감을 비추는

공간이 되어라
너의 사람들을 채울 수 있는

계절이 되어라
세월을 기꺼이 맞아들일 수 있는

바위가 되어라
어떤 풍파도 견딜 수 있는

한 마리의 새가 되어라
사랑을 노래하는

돌덩이

가슴에 돌덩이가 박힌 것 같다

나를
하염없이 가라앉게 하는

떼어내고 싶어
주먹으로 가슴을

툭―
툭―

쳐 보지만,

그럴수록 더 깊이 박히는
돌덩이

아—

밖으로 나오는 한숨의 빈자리를

돌덩이가 더 깊이 차지한다

봄의 끝자락에서

꽃이 지고
잎이 나고

생의 한 음절
한 계절이
그렇게 지나가고
새로운 막이 오는구나

거기 누구 없소

거기 누구 없소

똑 똑 똑
절망의 심연에 빠진
내 이야기를 들어주오

좀처럼 빠져나가기 힘든
이 구렁 속을
어떻게 나가면 좋겠소

거기 누구 없소

내 이야기를 좀 들어주오

밤하늘

외로운 밤하늘에
고귀한 달빛이
이불 하나 펴 놓자

그 따스한 기운 위로
별들이 모여든다

외롭던 밤하늘에
별들의 노래가
가슴 하나 뻐근히
들불처럼 피어 나간다

꽃 피지 않아도

꽃 피지 않을 수 있다
꽃이 피어서 아름다운 것이 아니다

매섭던 비바람을 견디고
축축하고 차가운 흙 속에서
너의 존재를 지켜낸 만고의 시간이
너를 빛나게 한다

그러니 꽃 피지 않아도 향기롭다
그 향기에 더 취하고 싶다

도전 2

현실에 안주하지 않고 도전하는 사람들을 보면, 대단하고 부
럽다
과거의 영광과 오늘의 안도를 버리고
미래의 현재를 산다는 게 쉽지 않다는 걸 알기에
그것은 본인에 대한 확고한 믿음과 용기가 필요하며
수많은 실패와 시련을 동반하기도 한다
그럼에도 소수는 도전하고 나아간다

나 또한 소수가 되고 싶다
부러움에서 그치고 싶지 않다
자기가 선 그은 안전한 영역에서 검증된 시간들만 보내기엔
우리가 받은 '인생'이란 선물이 너무도 값지기 때문에

문득,

무심코 하늘을 올려다
별 하나를 쳐다보았을 때

저 별의 누군가도
나를 올려다보고 있을 거란
이상한 상상을 해 보았다

우리

작은 돛단배의 비좁은 틈으로
몸을 실은 우리

파도가 칠 때마다
우리는 끊임없이
부딪히고
안아 주고
울고
웃는다

그렇게 나는
인생이란 배를
항해한다

너와 함께

부모

다치고
찢기고
흉터가 생기고
그 위에 또 상처가 생겨도

나는 괜찮다
지켜야 할 존재가 있으니까

보고 싶다

보고 싶어
해가 뜨듯
매일 네가 해 주던 말
그래서 너무 익숙했던 말

보고 싶어
내가 하고 싶은 말
하지만 이젠 밤처럼 어두워서
들어줄 너 찾을 수 없는 말

해는 여전히 뜨고 지는데
어쩐지 오늘 지는 저 노을은
유난히 슬프다

표현

표현하지 않으면
속에서부터 딱딱하게 굳어
관계도 부서지기 쉽게 된다

그러니 진심이라면
안에 숨겨 둔
새하얀 눈처럼 순수한 네 마음
이제라도 표현해 보자

더 굳어지기 전에
더 부서지기 전에
더 후회하기 전에

벚꽃

벚꽃 흐드러지게 피던 날
새벽같이 일어나
손가락 다쳐 가며 싸 온 도시락을 들고
수줍게 기다리던 너

네가 너무 선명해져서
다른 배경들은 전부 흐릿해져 갔지

네가 너무 아름다워서
오직 너만 저 벚꽃처럼 환하게 빛났지

벚꽃 하나가
내게 온다

오늘은 널 봄바람처럼 안아 줘야겠다

마치 오늘이 마지막 날인 것처럼

아카시아 꽃이
그동안 수줍게 숨겨 온 향기를
봄바람에 아낌없이 흩뿌린다
마치 마지막 봄인 것처럼

매미 하나가
그동안 준비해 온 노래를
치열하게, 그리고 후회 없이 부른다
마치 마지막 여름인 것을 알듯이

나에게 삶에 대해 묻는다면
때론 누군가에게 향기를 주고
삶의 순간을 치열하게
그리고 소중히 살아가고 싶다고 말하겠다

마치 오늘이 마지막 날인 것처럼

더는

비바람이 몰아친다
어찌나 그 바람이 매섭던지
잠깐도 버티기가 괴롭다

이를 악물고 버티지만
어쩐지 이번만큼은 자신이 없다

회피

가끔은,
편의대로 편집된 기억을
실제의 과거로 생각하고
마음 편히 잠들고 싶다

낙엽

아슬아슬하게 달려 있는
낙엽 하나

어쩐지 그 낙엽은
나무와 헤어지기 싫은 듯
마지막 남은 힘까지 다 쏟아
나무를 붙잡고 있다

어쩐지 그 나무는
낙엽을 붙잡을 자신이 없는 듯
바람에 이리저리 휘둘린다

가을 밤
바닥에 낙엽 한 장이
안쓰럽게 떨어져 있다

오래된 노래

늦은 밤
방 안의 오래된 스피커에서
나지막이 흘러나오는 멜로디 하나

스피커만큼이나 오래된
너와의 추억이 묻어 있는 익숙한 노래

소절 하나가 끝날 때마다
그리움은 방 안의 공기만큼
무겁게 나를 짓누른다

너를 생각하면

너를 생각하면

후회가 되다가도
후회가 지나가면
그리움이 찾아오고
그리움이 지나가면
슬픔이 찾아온다

잊어야 한다는 슬픔이
떠나야 한다는 슬픔이
그리고 그런 나를 아는 슬픔이

괴리

비워 내려 할수록
비워지지 않는 것

잊으려 할수록
생생해지는 사람

시간이 지날수록
더 커지는 존재

오늘도 너의 생각으로
머릿속은 온통 가득하다

너를 보며

작은 얼굴에
어쩐지 삐져서 입술 나온 네 모습이
어찌나 귀엽던지

웃으며 너를 본다

내게 달려와
한 품에 안기는 네 여린 모습이
어찌나 사랑스럽던지

너를 보며 웃는다

새해

꽃이 시든다는 건
아무래도 슬픈 일이다

그렇게 한 해를 보낸다

꽃이 시든다는 건
내년에는 더 아름다운 꽃을
피우기 위함이다

그렇게 다짐하며
한 해를 시작한다

고생했어요

결과가 좋지 않다고
너무 낙담하지 말아요

간절히 원하고 노력했다면
이미 그 자체로 충분히
박수받아 마땅하니까요

상처

아니라고 판단된 관계에서는
미련 없이 끝낼 것

어설픈 정에 이끌려
애매함이 지속되면
결국 서로에게 상처가 될 뿐이니까

[3부]

갈 곳 없는 마음

산 너머로 구름 한 점 지나가고
구름 뒤로 새 한 마리 날아가며
새는 어찌할 바 모르는 내 마음을 몰아간다

해가 지고 난
저 가로등에는 네 얼굴이 어리고
그 뒤로 진 그림자는 내 마음과 같다

집에 들어가기 허전해
누구라도 부를까 했지만
생각나는 건 한 사람뿐이라

갈 길 잃은 발걸음은
집 앞에서 서성이다
가로등의 그림자처럼 사라져 간다

구름

하늘을 올려다보니
저 구름 어쩐지 우릴 닮았다

손 하나 붙잡고
아이 놀듯이 뛰노는 것 같아

너를 만나면
어린 아이같이
해맑게 웃는 나처럼

너도 지금 저 구름을 보고 있을까

보고 싶다

만약

보내야 할 때를 아는 것은
슬픈 일이다
누구보다 가까웠던 사람을
잊어야 한다는 것은
슬픈 일이다

만약 신이 기회를 한번 주어
시간을 되돌릴 수 있다고 하면
우리는 달라질 수 있을까

만약 신이 기회를 다시 주어
만남의 시기를 달리 주었다면
우리의 결말은 달라졌을까

보내야 하는 걸 아는데,
잊어야 하는 걸 아는데,
지우개로 널 지우다가도
만약이라는 글자만 쓰네

이제는

전화 목록의 대부분을 채웠던
세상 그 어떤 숫자보다 익숙했던 네 번호는
이제는 이름 없는 낯선 번호가 되었고

수화기 너머 들려오던
세상 그 어떤 목소리보다 익숙했던 네 음성은
이제는 평생 들을 수 없는 노래가 되었고

어디 있냐고, 무엇 하냐고
밥은 먹었는지, 잠은 잘 잤는지
또 별일은 없는지
묻고 또 묻던 나는
이제는 속에서 그 말들을
묵묵히 삼킬 수밖엔 없다

새

자신감을 가져
더 어깨 펴고
너의 날개를 펼쳐 봐
오늘이 너를 저 하늘 높이까지 날게 하는
가장 좋은 날이야

알게 된 사실

어릴 적엔 아끼던 습관이 있었다

맛있는 음식이 있으면 아껴 두었다 나중에 먹고
새로 산 예쁜 옷이 있으면 아껴 두었다 나중에 입고
좋아하는 사람이 있어도 표현을 아꼈다

그러다 맛있는 음식은 상해 버리기도 했고
예쁜 옷은 헌 옷이 되었으며
좋아했던 사람은 표현도 못한 채 미련 가득 떠나 버렸다

살다 보니 알게 되더라
지금 할 수 있는 게 있고
지금 해야만 하는 게 있다는 것을

마음껏 설레어 보고
뜨겁게 사랑해 보고
충분히 아파해 보고
가슴 아프게 그리워도 해 보고

그렇게 너의 감정에 솔직해져 보자

이 모든 것을 다 하기에도
시간은 우리를 너무 빨리 지나쳐 버린다

소원

나 하나의 소원이 있다면

너와 함께
별거 아닌 반찬에도 같이 밥을 먹고
사소한 이야기로 수다를 떨고
저 굴러가는 나뭇잎새 함께 바라보고
계절 따라 변하는 바람 한 줌
노을 한 자락 느끼며

그렇게 한평생 같이 하는 것

슬픈 꿈

내 감정에 따라 날씨가 바뀌는
여기는 이상한 나라

요즘은 며칠째 비만 쏟아진다

계곡은 흘러넘쳐 강이 되고
강은 불어나 육지를 삼킨다

하도 무서워서 내달리다가
눈을 떠 보니 순연 꿈이었고
창밖엔 비가 내리고 있었다

이름 모를 누군가도
오늘은 많이 슬픈가 보다

풀잎

별거 없는 지친 일상을 마치고
이름 모를 풀잎 위에
내 몸을 기대어 본다

말없이 기대고 있는 내게
저도 가만히 내 숨소리를 안아 준다

고맙다
세상 어떤 말보다
실은 이런 것이 가장 큰 위로가 된다

균열

작은 틈 하나로
거대한 댐이 무너지듯

작은 신뢰의 균열로
관계가 깨지는 법

그것이 사랑이든, 우정이든

하늘을 닮아

그대는

언제 보아도 사랑스럽고
다시 보아도 새롭고
보고 있어도 보고 싶은
그런 사람입니다

저 하늘이 그러하듯이

욕심을 부린다면
그런 그대를 저 하늘처럼
보고 싶을 때마다 보고 싶습니다

감사

당신을 볼 수 있는
두 눈이 있어 기쁨이고

당신을 안을 수 있는
두 팔이 있어 다행이고

당신의 목소리를 들을 수 있는
두 귀가 있어 행복이고

생의 감각을 집중하게 해 준
그대에게 감사하다

희생

빗방울 하나가
어린 나무에
포근히 스며든다

제 몸이 어찌되든
나무가 잘 자라기만을 바라며
눈물이 되어 사라져 간다

소망

비난보다 이해이기를
후회보다 반성이기를
부정보다 긍정이기를
낙담보다 다짐이기를
요행보다 노력이기를

불청객

마음속에 불청객이 하나 있었다

밤사이 뒤척이던 눈을 떴을 때 한 번
기댈 곳 없이 저 혼자 서 있는 나무를 볼 때 한 번
차갑게 파란 하늘을 볼 때 한 번
조용히 떠나가는 이 계절을 느낄 때 또 한 번

그렇게 수십 번

부지불식간에 불쑥 찾아와
마음 헤집어 놓는 불청객이 하나 있었다

그런 형벌의 시절이 있었다

있는데 없는 것

추억의 널 볼 수 있는데
지금의 널 볼 수 없음에
괴롭고

내 곁에 네가 없는데
내 맘에 네가 있음에
아프다

마지막 가을

나는 지금 잘 살아가고 있는 걸까

29살의 마지막 낙엽을 보며
문득 생각에 잠긴다

먼 훗날, 나이가 들어
지금을 회상하며 웃을 수 있기를

나에게 시란

창문으로 들어오는
따스한 햇빛을 받으며
마음 한 구절
담담히 써 내려가는 것

향긋한 유자차 한 잔에
시 한 편으로 마음을 녹이는
봄 같은 여유

나에게 시란
따뜻한 봄이다

나 혼자

나는 우주를 그리고 있었는데
너는 내 별 하나 없다는 걸 알았을 때

나는 너와 미래를 그릴 때
너는 지나간 사람과의 과거를 뒤쫓고 있을 때

아무리 손을 뻗어도
너에게 닿지 못함을 깨달았을 때

그때
세상에서 가장 무거운 무력감이
나를 짓누른다

변화

네가 있어
고된 일상을 버틸 수 있던 시기가 있었다

지금은 네 생각에 힘이 드는데

돌멩이

흐르는 맑은 계곡물 아래
조그마한 돌멩이 하나가 나를 본다

어쩐지 그 돌멩이는 너를 닮아
그리움이 저 계곡물처럼 밀려온다

붙잡고 싶지만
떠나와서 그리워지고
헤어지고 나서 보고 싶어지는
변덕스러운 나라서
나는 그저 바라만 보기로 했다

계곡물 아래에서
네가 달그림자처럼 흔들린다

조용한 구름

창문 너머 조용히 흘러가는
겨울 구름을 멍하니 바라본다

때묻지 않은 흰 구름 하나
묵묵히 앞으로 나아가는 남색 구름 하나
햇빛 옆에 수줍게 웃고 있는 주황 구름 하나
라일락 꽃 내음 나는 보랏빛 구름 하나

오늘은 나도
저 구름들처럼
여러 색을 담고 싶다

비상등

방 안의 어둠이 싫어서
노란 백열등 하나를 켭니다

밝아진 공간에
감춰 두었던 외로움이 모습을 드러내
다시 불을 끄다가도

새카맣게 타 버린 어둠이
내 마음인 듯 슬퍼지는 까닭에
또다시 불을 켭니다

오늘도 내 마음은
비상등을 켠 채
그 자리에 서 있습니다

끝

내가 너에게 최선을 다하지 못한 것은
너에게 확신이 없던 게 아니라
네가 확신을 주지 못했기 때문이야

너 하나, 나 하나

서리가 낀 창문 위에
너 하나
나 하나
그려 본다

너의 나지막한 목소리
따스한 체온, 눈빛, 향기를 느끼며

창문 위 우리는
손 잡고 새하얀 눈길을 걷는다

너만 좋다면
우리가 함께할 시간을
계속 그려 나가도 될까

호숫길

바람 부는 호숫길을
혼자 걸으며

이제는 잊겠다며
다짐해 보아도
다시 생각이 나서

갈대가 무성한 호숫길을
혼자 걸으며

마음을 강하게 먹자고
다짐해 보아도
자꾸만 흔들리는 나라서

이슬 맺힌 호숫길 돌고 돌아
후미진 곳

물가 한구석에

남아 있는 미련 한 움큼을

묻어 본다

손 편지

책상 서랍에 넣어 둔
빛바랜 손 편지 하나

보고 싶다
너를 생각한다

이제는 누구에게도 보낼 수 없는 편지

보고 싶었다
너를 생각했었다

그림자

당신의 어둠은
내가 품어 줄 테니

당신은 반짝이는 곳에서
밝게 웃어 주기를

당신은 여전히
날 볼 수 없지만

지금처럼 소중히
거기 그 자리에
오래 있어 주기를

짧은 인생이니까

머리로 망설이기보단 몸을 움직여 시도하고 실험하자
큰 것이 아니어도 좋다
아주 작은 것부터, 조금씩, 서두르지 말고
세상 속에 나를 던져 보고 느끼자
이런저런 안 되는 이유만 남발하며 아무것도 안 하기엔 우리
인생은 너무 짧다

마지막 인사

세상에서
가장 가까웠던 사람이
떠나간다

너 때문에
가슴 졸이던 날들은
이젠 흐릿해질 텐데

너 때문에
숨 쉬는 것조차 벅찰 만큼
아팠던 날들은
이젠 아물 일만 남았는데

마지막 인사를 나누고
댓 발짝도 못 가
가슴이 미어지는 건 왜일까

스위치를 내린 것처럼
머릿속이 깜깜하다

그리움

별빛 하나가
오랜 시간을 거쳐
지금의 내게 오듯

이미 떠난 네가
아스라이 그리움 하나를
건네 온다

명화明花

시드는 게 두려워
피지 않는 꽃이 어디 있으랴

꺼지는 게 두려워
타지 않는 촛불이 어디 있으랴

말하고 나면 변하는 게
사람 마음이라지만

상처가 두려워
어찌 사랑하지 않을 수가 있으랴

미련

떠올리기 싫은데 떠오르는 기억이 있다
아프고 싶지 않은데 아픈 마음이 있다
떠난 건 사람인데
돌아온 건 미련뿐이구나

멈춤

시계가 멈췄다
3년 동안 앞만 보고 달린 초침은
뱅글뱅글 도는 반복된 일상에 지친 듯
그 자리에서 멈춰 버렸다

마지막 움직임이 가리킨 숫자
그것은 뜻하지 않은 환기이자
기댈 수 있는 쉼터

초침이 멈춰 버린 지금,
시계의 다른 부속품도 함께 멈춰 버렸지만
그 누가 초침을 탓하리라

고생했다
애썼다

그 한마디로
지금 이 순간만큼은
방해 없이 그곳에서 쉬게 하고 싶다

바람이 불어 주었으면

바람이 한 움큼씩
주변의 것들을 쓸어갑니다
정리할 것이 많다는 듯이

바람이 나에게도
불어 주었으면 좋겠습니다

뒤엉킨 마음이
다시 제자리로 돌아갈 수 있게
깊이 박힌 너를 지울 수 있게
남은 마음까지도 멀리 멀리 보낼 수 있게

바람이 모든 것
씻어내 주었으면 좋겠습니다

빗소리

창밖의 빗소리가
내 가슴속 어딘가를 두드릴 때

애써 덮어 버린 것들이
빗물에 씻겨 모습을 드러낸다

너를 지우려
마음을 태우다 남은 흔적과

너를 잊으려
마음을 지우다 남은 얼룩과

너를 보내려
마음을 버리다 남은 잔향이

짓궂게 나타난다

오래

오래 보고 싶어서
너를 새긴 꽃을 보니
나는 사랑을 하네

오래 듣고 싶어서
너를 새긴 노래를 들으니
나는 사랑을 하네

오래 느끼고 싶어서
너를 새긴 기억을 삼키니
나는 사랑을 하네

너를 새긴 것들이
한 편의 시가 되어
나에게 스며든다

얼류

지나쳐 가는 기억을 바라보다
그 기억의 끝에 그리운 네 모습만 내 곁에 머무는데

너는 별을 닮았나 싶으면
만질 수 없어 그리워지고

너는 봄을 닮았나 싶으면
볼 수 없어 그리워진다

지나쳐 가는 추억을 바라보다
그 아픔의 끝에 그리운 네 모습만 내 곁에 머무는데

너는 구름을 닮았나 싶으면
자꾸만 떠나가서 아프고

너는 이슬을 닮았나 싶으면
금방 사라져서 아프다

하고 싶은 말

별 볼일 없는 하루에도
네 눈 한번 볼 때마다
의미 있는 하루가 되었다

스쳐 가는 풍경도
너와 함께라면
특별한 작품이 되었다

보고 있어도
보고 싶다

숨 쉬는 내내
고백하고픈 말

가을 냄새

금빛 갈대
지는 석양
가을 냄새

잔잔해서 좋다

길

설레임에 취해 가다 보면
그 길 끝엔 항상 네가 있다

너무 자주 다닌 탓에
반들반들해져 버린

이제는 눈을 감고도
제 집처럼 갈 수 있는

너를 향해 가는 길

앞으로도 항상
거기에 머물러 주겠니
내가 길을 잃지 않게

비애

네 생각들이
무수히 많은 반복으로
하나씩 닳아 없어지면

그때는
내가 한줄기 비가 되어
네게 내려질 수 있을까

그래서 그때는
네가 날 알아줄 수 있을까

불면증

둘 곳 없는 마음
하나씩 이어가면

흩어진 감정의 조각들이
뭉치고 뭉쳐
그제야 바닥으로 가라앉는다

늦은 시각
차분해진 마음의 호수,
외로운 수면 아래서
나는 겨우 잠들 수 있었다

우장

여린 네가
마음의 소나기를 피하지 못하고
무너져 내릴까 봐

나는 그게 걱정이 되어
내 모든 것 내어서
너를 감싸 안아 줄 작정이다

단둘이

그대

바라보는 게 부끄러워서
해를 꺼 버렸습니다

더 자세히 보고 싶어서
구름도 지웠습니다

속삭이는 숨결 듣고 싶어서
바람 소리도 날려 보냈습니다

아무것도 없는 이 밤,
나는 별 하나 되어
그대 옆에 있겠습니다

강설

눈이 내리고
슬픔도 함께 내리는 어느 날

도벽이 있는 나의 우울은
눈이 쌓여 감과 동시에
자꾸만 커져 갑니다

한 움큼 잡아 버려 내고 싶지만
흐물거리며 빠져나가는 눈물은
야속하게 쌓여만 가는데

서툰 내 손길이 덜어 내려 할수록
그게 눈사람처럼 더 커질까 봐
나는 아무것도 할 수가 없습니다

이 눈이 다 녹을 때까지
나는 그저 바라만 볼 수밖에 없습니다

병

밤새도록 앓았다

속에 꽉 막혀 있는 것들을
게워 내고 게워 내도
답답함은 여전히 침잠해 있었고

가슴 저 밑바닥에서
살점 하나하나까지
뭉개어지는 듯한
무거운 덩어리들을 삭이느라
침대 위에 몸을 웅크렸다

너에 대한 그리움으로
누군가에게 실컷 얻어맞은 가슴이 되어 있는데

이미 결말까지 읽어 버린 이야기에
가슴 한쪽이 아직 시린 건
네가 여전히 깊이 박힌 까닭이겠지

조개나물

야트막한 들 위에
조개나물 두 줄기
가지런히 피어 있다

화려하지 않아도
누구도 관심 갖지 않아도

둘은 같이 있음으로
보라색 꽃빛으로
온 우주를 밝히고 있다

봄바람

눈이 부시게
빛나는 아침

눈이 부시게
빛나는 너

눈이 부시게
행복한 우리

산들바람 불 때마다
가슴속 한 움큼씩
설레임이 가득해진다

24살, 서울대공원

요즘따라 새벽에 서울대공원으로 자주 산책을 나옵니다
기쁠 때, 슬플 때, 생각이 필요할 때……
이유와 상황은 조금씩 다르지만,
이곳에 오면 마음이 편안해진다는 공통분모에 항상 도달하
게 됩니다

과천 사는 사람은 다 알 것입니다
이 시간에 대공원으로 혼자 산책을 나온다는 게 얼마나 큰 담
력을 필요로 하는지를
밤 11시 이후에는 이곳 조명도 다 꺼지기 때문에
칠흑 같은 어둠 속에서 오로지 달빛과 별빛에 의존해 앞으로
나아가야 합니다
어둠 속 호수와 청계산의 실루엣이 조화를 이룰 때면
grotesque한 느낌마저 들기도 합니다

하지만 저는 이 시간의 이곳이 좋습니다
풀벌레와 개구리의 노랫소리는
그 어떤 음악보다도 감동으로 다가옵니다

하늘 위의 별빛은 시선을 뺏어 갑니다
선선한 바람이 살갗을 스쳐 지나갑니다
육감에 취해 있을 때면 꿈 속의 현실인지, 현실 속의 꿈인지 헷
갈리기도 합니다

오늘도 저는 이곳에서 돈으로 살 수 없는 행복을 느끼고 갑니다
주변의 것들에 감사함을 느끼고 갑니다
밖으로만 떠돌던 시선을 내면으로 가라앉히고 갑니다

그리고 바랍니다

눈에 비치는 것이 순간마다 새롭기를
일상의 사소한 모든 것에 경탄하는 사람이 될 수 있기를
나이가 들어도 그 역치가 높아지지 않기를

지은이 황태진

성균관대학교에서 전자전기공학을 공부하고, 스마트폰 엔지니어로 일하다 현재는 인사팀에 있다. 몇 개의 단어로 마음의 위안을 주는 시의 매력에 빠지게 되어, 24살 때부터 조금씩 써 온 시가 모이고 모여 책 여러 권의 분량이 되었다.
그중 사랑, 이별, 일상의 행복 등 우리 모두가 살아가면서 느끼는 감정들에 대한 담백한 내용을 이 책에 담아 보았다.
시와는 전혀 관련 없을 것 같은 삶을 살았지만
오히려 저자는 '반전의 시인'이 되고 싶고, 이 책이 그 첫걸음이라고 말한다.

네가 달그림자처럼 흔들린다

ⓒ 황태진, 2021

초판 1쇄 발행 2021년 5월 18일

지은이   황태진
펴낸이   이기봉
편집   좋은땅 편집팀
펴낸곳   도서출판 좋은땅
주소   서울 마포구 성지길 25 보광빌딩 2층
전화   02)374-8616~7
팩스   02)374-8614
이메일   gworldbook@naver.com
홈페이지   www.g-world.co.kr

ISBN   979-11-6649-724-7 (03810)